La última isla pirata

Mercedes Neuschäfer-Carlón

La última isla pirata

Ilustraciones: Esther Gili

edebé

© Mercedes Neuschäfer-Carlón, 2018
© Ilustraciones: Esther Gili, 2018

© Edición: Edebé, 2018
Paseo de San Juan Bosco, 62
08017 Barcelona
edebe.com

Directora de Publicaciones: Reina Duarte
Editora de Literatura Infantil: Elena Valencia
Diseño de colección: Book & Look

6.ª edición

ISBN: 978-84-683-3800-2
Depósito legal: B. 11983-2018
Impreso en España / Printed in Spain

Queda terminantemente prohibido cualquier uso de esta publicación para entrenar tecnologías de inteligencia artificial (IA) generativa. El autor y el editor se reservan todos los derechos de licencia de uso de esta obra para dicho fin y para el desarrollo de modelos lingüísticos de aprendizaje automático.

Cualquier forma de reproducción, distribución, comunicación pública o transformación de esta obra solo puede ser realizada con la autorización de sus titulares, salvo excepción prevista por la ley. Diríjase a CEDRO (Centro Español de Derechos Reprográficos) si necesita fotocopiar o escanear algún fragmento de esta obra (www.conlicencia.com; 91 702 19 70 / 93 272 04 45).

*Para los niños a los que les gustan mucho las historias de piratas.
Y también para aquellos a los que no les gusta demasiado aprender a leer y a escribir.*

Índice

1. Kambo 9
2. ¡Polizón a bordo! 19
3. Sulima 31
4. No hay mejor salsa
   que el hambre 45
5. Lecturas y aventuras 53
6. La cabaña................................ 67
7. Una pareja elegante 73
8. Cumpleaños en la isla................ 79
9. Negros nubarrones
   (el gobernador amenaza)............... 87
10. Final................................... 95

1
Kambo

Kambo se dirigía, alegre, a la playa. Solo. Como todos los días.

Nadaba luego hasta una gran roca ya entrada en el mar y allí capturaba almejas, mejillones, percebes, cangrejos...

Volvía con ellos a la isla y se los entregaba a Bocuso, el cocinero de los piratas.

Con él estaba también Mister, el papagayo, que, en cuanto Kambo llegaba, se colocaba sobre su hombro y juntos se dirigían hacia un gran árbol poblado de monos.

Kambo se columpiaba con ellos en las ramas y saltaba, como ellos también, de un árbol a otro.

Luego, cuando comenzaba a apretar el calor, buscaba la sombra de un espeso árbol y allí sentado charlaba con su papagayo contándole las historias y los cuentos que Ruipansa, un viejo pirata, le leía por las noches antes de dormirse.

Mister parecía escucharle con atención y le sorprendía a veces diciendo palabras de los cuentos como «princesa», «enano» o «¡bruja, bruja, bruja!», palabra que le había gustado especialmente y repetía con su voz chillona.

El chico reía entonces y le acariciaba suavemente.

Kambo tenía ocho años y vivía en Maibí, una preciosa isla en el mar Caribe, bañada por un mar azul y transparente. Su playa tenía la arena tan fina y tan blanca, que casi parecía azúcar.

Sin embargo, nadie debía acercarse a Maibí, porque Maibí era una isla ocupada por piratas. Aunque todos ellos, por fieros que fueran, querían a Kambo.

Cuando era chiquitín, Corso, uno de los más brutos, le cantaba canciones de cuna para que se durmiese y más tarde era el viejo Ruipansa quien, arrastrando su pata de palo, llegaba a su cama para contarle emocionantes y también, a veces, tiernas historias. Y aunque Kambo no tenía ningún amigo de su edad, como nunca lo había tenido, no lo echaba en falta.

Pero lo que Kambo quería, con lo que Kambo soñaba, era con poder salir un día con los piratas a alta mar.

Pensaba que tenía que ser emocionante navegar lejos, muy lejos de la costa; abordar un barco; luchar; vencer; hacer prisionera a la tripulación y robar el botín. ¡Todas las riquezas del barco serían para los piratas!

—¿Por qué no puedo salir nunca con vosotros? —les preguntaba.

—Eres muy pequeño todavía. Ya vendrás un día, cuando seas mayor.

—Y ¿cuándo voy a ser mayor? —seguía preguntando Kambo, impaciente...

—Come mucho y ya verás cómo creces y te haces grandote.

Y Kambo comía mucho y bien, pero lo

de hacerse mayor tardaba. Tardaba demasiado.

Aquella mañana Kambo había vuelto pronto de sus correrías.

El cocinero de los piratas revolvía una gran cazuela.

—¿Para cuándo va a estar la comida, Bocuso? —preguntaba Kambo.

—Todavía tardará un poco. Tómate algo si tienes mucha hambre.

—No la tengo.

—Entonces date una vueltecita hasta la playa. Construye algo bonito en la arena.

Pero, a poco de caminar, Kambo divisó en la lejanía la silueta de un barco. Tenía que ser el velero de los piratas. Ningún otro navío se atrevería a acercarse a la isla de Maibí, porque todo el mundo sabía que en lo alto de una pequeña colina había una batería de potentes cañones preparados para destrozar cualquier otro barco que intentase aproximarse.

—¡Ahí vienen, Bocuso, ahí vienen! —volvió gritando Kambo.

—¡Imposible! No se les espera hasta dentro de dos o tres días.

Sin embargo, Kambo divisaba claramente su silueta y pronto veía ya un hermoso navío en cuyo mástil más alto ondeaba al viento la bandera pirata.

El velero había quedado anclado al lado de la playa. Los piratas comenzaban la descarga:

Arcones llenos de elegantes trajes y vestidos, que, entre risas, iban extendiendo sobre la blanca arena de la playa.

Cofres con joyas y ducados de oro, que, bajo los rayos del sol, deslumbraban con su brillo.

Cajones de madera: unos con vinos y licores, ron sobre todo; otros, con cosas buenas para comer.

Los piratas cantaban y bailaban alrededor de todo aquello. Kambo también; pero, después de un rato, preguntó:

—Y para mí, ¿qué?

—Pues sí, para ti hay también algo, pues claro que sí —le contestó, sonriente, Pietro, un joven pirata.

Y es que casi siempre traían algo para el niño. Aquel día Pietro le enseñó un libro de cuentos con preciosas ilustraciones; una carroza de juguete tirada por cuatro caballitos. Y además, algunas golosinas.

Mientras Kambo contemplaba sus regalos, oía comentar a los piratas:

—Esta vez el abordaje resultó pan comido. Enseguida se dispusieron a entregárnoslo todo sin rechistar. Temblaban como gallinas, los muy cobardicas —comentaban burlándose—. No tuvimos problema.

—Mejor, mucho mejor para ellos —reía el feroz Corso, empuñando su terrible machete.

Después de un rato, Kambo se fue a hacer una nueva visita a los monos y trepó luego a una palmera para recoger un par de dátiles.

Aquella tarde no salió con la lancha a pescar como solía hacer, se arrojó solamente al mar y se dejó mecer por las suaves olas, contemplando los peces que nadaban a su alrededor.

Por la noche, ya en la cama, llamó:
—¡Ruipansa, ven, que ya estoy acostado! Tienes que leerme del libro nuevo que me trajeron.

Y el viejo pirata llegaba con su pata de palo, a leerle un buen rato como todas las noches hacía.

2
¡Polizón a bordo!

Pasó algún tiempo y los piratas volvieron a prepararse para una nueva correría.

—Quiero ir con vosotros —les decía Kambo—. ¿No soy bastante mayor? —preguntaba, estirándose.

Los hombres ocupados en sus preparativos sonreían sin contestarle.

—¡¡Que quiero que me llevéis con vosotros esta vez!! —gritaba Kambo.

—Ya, ya, ya te oímos. No estamos sordos —dijo uno que pasaba cargando un pesado saco y de bastante mal humor.

—Y ¿por qué no puedo ir? —siguió el chico.

—Ya te lo hemos dicho mil veces —le contestó esta vez Pietro algo más amable—. Eres muy pequeño todavía y puede ser peligroso.

—¿Por qué? —preguntó Kambo.

—Pues porque sí —Pietro tampoco tenía entonces ganas de dar explicaciones.

Y siguió su camino.

—Yo puedo ayudaros —insistía el chico—. Yo veo muy bien, mejor que vosotros, y puedo deciros si un barco anda por ahí, aunque esté lejos, muy lejos…

—¡Basta, a callar! Déjanos en paz, pedazo de plomo —le gritó entonces Bronco, un pirata que, aunque quería a Kambo, no tenía siempre las mejores pulgas.

Kambo pensó que era mejor no insistir y se fue.

Por el camino llegaba Ruipansa. Ruipansa tenía siempre paciencia con él. A veces demasiada paciencia...

—Ruipansa, ¿no te parece que soy ya bastante mayor? ¿Por qué no me dejan ir esta vez? Mira, soy —dijo, bajando la voz y hablándole al oído— casi tan grande como Nani.

Y tenía razón, Nani era un pirata muy chiquitín, aunque simpático y valiente.

Ruipansa se rio:

—Es verdad; pero Nani es todo un hombre y además un gran luchador. Y tú eres un niño.

—Mejor —quería razonar Kambo—. Yo no voy a luchar, solo a miraros y nadie va a matar a un niño. Vosotros, tú mismo lo dijiste, aunque seáis piratas, nunca habéis hecho daño a un niño.

—Sí, Kambo, es cierto. Nosotros, no y los otros, tampoco; pero...

—Pero ¿qué?

—Nosotros disparamos con cañones y los otros lo hacen también. Y los cañonazos, cuando explotan, no distinguen si hay o no hay un niño cerca.

Kambo se quedó pensativo.

Sin embargo, la emoción y el peligro le seguían atrayendo y él quería discurrir algo para lograr escabullirse en el barco sin que nadie lo notase.

En la cama imaginaba Kambo cómo debía de ser un abordaje. Él quería vivir un día esa aventura y, a lo mejor, pensaba, hasta tenía ocasión de ayudar a uno de los suyos y salvarle. Entonces entraría en la historia de la piratería como «Kambo, el pequeño héroe pirata».

A la mañana siguiente no nadó hasta la roca ni tampoco se fue a jugar con sus amigos los monos.

Se escondió entre los sacos de harina y azúcar, que estaban preparados para cargar en el barco. Pero enseguida lo descubrieron:

—¿Qué haces aquí? No tenemos tiempo ahora para jugar al escondite. Anda, ya te estás largando...

Kambo se marchó. Y, un poco alejado, seguía mirando el quehacer de los piratas, que ya estaban terminando los preparativos para el viaje.

De pronto su vista se fijó en un bote. Lo habían traído algunos días antes del barco para poner en orden dos tablas del fondo que estaban algo desclavadas. Y una vez hecho el arreglo, lo habían cubierto con una tela oscura impermeable para que no se llenase de agua en caso de lluvia o tormenta durante el viaje.

Kambo se acercó a la barca por el lado contrario a aquel donde trabajaban los piratas.

Levantó con cuidado la tela y...

Se oían ya las últimas órdenes antes de poner en marcha el velero. Los piratas que emprenderían el viaje estaban en cubierta y se despedían:

—¡Suerte, mucha suerte! —les deseaban los que quedaban en tierra—. Que volváis sanos y ricos... A ver, a ver qué nos traéis.

Las velas se habían izado. Se soltaron las amarras y el barco comenzó a navegar.

Kambo seguía escondido y así permaneció durante un buen rato. Luego levantó un poco la tela que le cubría y pudo ver agua, mucha agua a su alrededor.

«Debemos estar ya en alta mar», pensó. «¿Salgo de mi escondrijo? ¿Será ya tiempo?».

No le hizo falta tomar una decisión, porque al momento oyó gritar:

—¡Por Belcebú, maldita sea! Alguien se nos ha colado en el barco. ¡Polizón a bordo! ¡Venid aquí!

Y, a la vez, Puño de Hierro que era el que había gritado, levantó la tela, poniendo del todo al descubierto a Kambo.

—¡El chiquillo, el maldito chiquillo desobediente! Tendremos que dar la vuelta —dijo entonces.

Los piratas se habían reunido a su alrededor. Algunos estaban enfadados, otros reían; pero todos estaban de acuerdo en que no podían llevar con ellos a Kambo.

—¡Menudo problemazo! Un niño en el barco. Mira que si le pasa algo... —decían.

Y el barco tomó de nuevo rumbo hacia tierra.

Los piratas en la isla vieron con asombro que el velero regresaba. Y a continuación cómo, agarrado de una oreja, se descargaba a Kambo en la playa.

Ya en la cama, el niño recordaba su aventura. Le había resultado emocionante ocultarse en el bote y notar más tarde, bien escondido, cómo lo transportaban al barco. Y también encontrarse una vez al fin en altamar. Pero, para decir la verdad, al mismo tiempo, había sentido miedo cuando notó que el barco comenzaba a navegar. ¿Cómo terminaría su aventura? Y no estaba descontento de estar de nuevo en tierra.

Ruipansa le riñó y le habló seriamente. Aquella noche, como castigo, no leyó ningún cuento. Le contó, en cambio, una historia verdadera de cuando él había perdido la pierna que le faltaba en un combate. Y no era esa una historia nada bonita ni alegre.

3
Sulima

La vida de Kambo en la isla volvió a ser la de antes: juegos en la playa y en el mar; charlas con algunos piratas que habían quedado en tierra; conversaciones también con Mister, el papagayo, y ratos, muchos ratos, de juego y diversión con sus amigos los monos.

Pero, desde varios días atrás, algo había cambiado. Los piratas estaban preocupados. Y más cada vez: el barco que últimamente había zarpado y en el que Kambo hubiese querido ir tardaba demasiado en regresar.

Durante las comidas no se charlaba alegremente como antes. Ni se bromeaba, ni se reía.

—Tendría que estar de vuelta. ¿Qué habrá pasado? No me lo puedo explicar —decía uno.

—De seguro nada bueno —contestaba otro con gesto preocupado.

—¿Quién sabe? Acaso tiene una explicación sencilla —quería pensar un tercero.

Pero últimamente ya nadie lo creía así.

Esperar, esperar y... desesperar. ¿Qué otra cosa podían hacer?

Kambo andaba aburrido y un poco disgustado también. Nadie tenía ganas de jugar con él. Hasta los mismos monos le parecían menos divertidos que de costumbre. Y el chico miraba con frecuencia hacia el horizonte con la esperanza de descubrir él, antes que nadie, la llegada del barco.

Un atardecer, con sus ojos de lince, divisó algo en la lejanía. Tenía que ser...

—¡Ya viene, ya viene! —gritó entonces, emocionado.

Pero pronto añadió asustado:

—¡Huy, huy! ¿Qué le habrá pasado? Tiene una vela partida y un boquete muy gordo en un lado.

Los piratas no podían verlo tan bien como el chico:

—¿Estás seguro, Kambo? —preguntaban.

—Sí, sí.

Pronto, sin embargo, veían los piratas también los destrozos en el barco.

El velero atracó al fin y comenzaron a desembarcar los tripulantes. No volvían contentos. Ni mucho menos.

Se supo lo sucedido: el barco al que habían atacado no se rindió fácilmente. Hubo terribles luchas.

El niño se daba cuenta de que ser pirata podía ser emocionante; pero peligroso, muy peligroso, también.

Esta vez no preguntaba por su regalo. Ya había oído que apenas habían conseguido botín. Aquella salida había resultado un fracaso, un fracaso total.

Kambo estaba triste y se disponía ya a marcharse, cuando, al echar una última mirada sobre el barco destrozado, vio aparecer a un pirata que traía algo en brazos.

¿Qué sería? No tardó en poder saberlo. ¡¡Era una niña!!

Al llegar a tierra, el hombre la dejó en el suelo. Era un poco más alta que Kambo y estaba elegantemente vestida. Con ropas que el niño había visto solamente en las ilustraciones de algunos libros.

Varios piratas la rodeaban ahora. La niña, asustada, lloraba.

—No llores, pequeña, nadie aquí te va a hacer el menor daño, y ya verás qué bonita es nuestra isla —le decían.

Kambo se sintió a disgusto. Nadie le miraba ya. Hasta ahora los piratas solo le habían contemplado a él. Triste, se apartó del grupo. Ruipansa, dándose cuenta, le dijo:

—No tengas celos. Lo hacemos solamente para que se le quite el susto y el miedo. No porque la queramos más que a ti. No estés triste, Kambo. Anda, vente tú también a saludarla.

—Se llama Sulima —añadió el pirata que la había traído en brazos—. La hemos salvado, cuando el barco enemigo estaba a punto de hundirse.

Kambo se acercó a ella. Pero no se le ocurría decir nada y solo la miraba en silencio.

Al fin dijo:

—Oye, Sulima, Maibí es de verdad la isla más bonita del mundo —y, tras una pausa, siguió—: Y es también en la que más monos hay.

Los piratas se rieron; pero la niña, no. Miró a Kambo con desprecio y no quiso tomar la mano que el niño le ofrecía.

Kambo se sintió humillado y triste.

Al día siguiente, nada más despertarse, fue al cuarto donde la pequeña dormía.

La niña, vestida todavía, estaba echada sobre su lecho. Tenía los ojos abiertos; pero no se movía.

—¡Buenos días! —la saludó Kambo—. Es ya hora de que vayas dejando la cama.

Sin contestarle, la pequeña se fue levantando.

—¿Dónde puedo arreglarme? —le preguntó.

—¿Arreglarse? ¿Qué es eso? —preguntó el chico.

—Pues lavarse las manos, la cara, limpiarse los dientes, peinarse...

—Ven conmigo —le dijo entonces y la llevó a un arroyo cercano no sin antes haber tomado una pastilla de jabón perfumado que una vez le habían traído los piratas.

—Aquí es donde yo hago eso que tú llamas «arreglarse» y te traigo también un poco de jabón —dijo con orgullo, entregándole aquella pastilla apenas comenzada—. A mí me la regalaron hace tiempo; pero yo no la uso. No me hace falta.

—Y cepillo de dientes, ¿tampoco lo usas?

—Tampoco —contestó Kambo.

¿Qué serían esas cosas?

—Pues eres un cochino —le dijo la niña con desprecio.

Kambo no sabía qué contestar.

Justamente en ese momento llegó Mister a posarse sobre su hombro. Sus preciosas plumas lucían al sol. Entonces a Kambo se le ocurrió la respuesta:

—Tampoco este —dijo, señalando a su papagayo— usa esas cosas que tú dices y tiene las plumas mucho más bonitas y brillantes que tú el pelo. Y..., mira, ¡qué limpio está su pico!

Sulima no supo decir nada en contra y, dándole la espalda, se alejó.

Pero no tardó en volver diciendo:

—Tengo hambre.

—Yo también, vamos juntos a desayunar.

Alrededor de una olla estaban dos hombres, que les saludaron sonrientes. Con sendas cucharas de palo comían de aquella cazuela, humeante todavía.

Kambo había tomado dos cucharas. Una para él, la otra se la dio a la niña.

—Toma, puedes comer todo lo que quieras —le dijo.

—¿Esto? —preguntó ella con asco—. Y todos de la misma olla... ¡Ni hablar! ¿Dónde se toma aquí un té o un chocolate con pastas o galletas?

—Esto es nuestro té y nuestras galletitas —le contestó con burla uno de los piratas.

Y, con el otro pirata, rio.

Sulima se fue sin probar bocado.

Kambo desayunó con buen apetito y se dirigió luego a la playa a darse el baño de todas las mañanas. Pero su baño fue aquel día corto. Tenía ganas de ver lo que la niña hacía.

Se acercaba ya a la casa, cuando escuchó algunos gritos. Eran de los monos y parecían amenazadores. ¿Qué estaría sucediendo?

Se apresuró a llegar allí.

Los monos habían formado un corro. En su centro estaba Sulima. Algunos trataban de deshacer el lazo de su elegante vestido y arrancarle las puntillas y los encajes que lo adornaban.

—¡Dejadme en paz, bichos tontos! —les gritaba ella, empujándolos furiosa.

Los monos comenzaron a arañarla y estaban a punto de morderla.

Sulima estaba asustadísima.

—¡Fuera, fuera! —gritó Kambo a los monos a la vez que abría una brecha en el círculo y daba su mano a la chiquilla—. ¡Ale, hacednos paso! —siguió, empujándolos un poco.

Los monos se fueron retirando, aunque sin dejar de dirigir aviesas miradas a la niña.

Kambo y Sulima se alejaron de allí de la mano.

Por vez primera ella miró al niño a los ojos y le dijo sonriendo, aunque con miedo todavía:

—Gracias, muchas gracias.

4
No hay mejor salsa que el hambre

Al día siguiente, Sulima se levantó temprano y esta vez fue ella quien se dirigió a la habitación de Kambo. Había pasado sin comer casi dos días. Tenía el estómago vacío y le sonaban las tripas.

—Quiero desayunar, Kambo —le dijo.

Era muy temprano y el niño dormía aún; pero, en cuanto vio a la niña, se despertó enseguida y se alegró de verla.

Juntos fueron a la cocina. El fuego ardía ya, pero la comida para el desayuno no estaba todavía terminada.

—Danos algo, Bocuso —pidió Kambo al cocinero—. Sulima tiene mucha hambre.

El cocinero sonrió y les dio un cuenco de leche y dos trozos de pan no muy tierno ya. La niña se tiró sobre ello y... ¡qué bien le sabía! Ella sola se tomó los dos trozos y se bebió toda la leche.

Poco después Kambo le daba ya la cuchara de palo para que comiese de la olla humeante de los piratas.

—Espera, toma por los bordes, no te vayas a quemar —le aconsejó el chico.

Y ella, con cuidado, fue tomando poquito a poco. Y todo lo que allí había le sabía riquísimo. Nunca había comido algo tan bueno. El hambre es, sin duda, la mejor cocinera y Bocuso además sabía cocinar muy bien.

Una vez satisfecha, Sulima se tendió a la sombra de un árbol.

—¿No te vas a «arreglar» hoy? —le preguntó Kambo con un poco de guasa.

—Después, después —contestó la niña—. No tengo prisa.

Más tarde se fueron juntos a la playa.

La niña sabía nadar, aunque no tan bien como el chico y se alejaba poco de la orilla.

Desde allí vio con admiración cómo Kambo llegaba nadando a la roca del centro. Pero aquella mañana volvió pronto para estar con ella y le propuso:

—Vamos a jugar un rato con los monos.

—Vete tú, yo me quedo —dijo la niña con miedo—. A mí no me quieren.

—No es tuya la culpa. Es que tus vestidos tan elegantes les resultan raros. Nunca habían visto algo así.

Pronto Kambo tuvo una idea:

—Ven conmigo —le dijo y la llevó a su cuarto.

Allí le dio una camiseta y un pantalón corto suyos.

Sulima se los puso muy divertida. Se sentía bien así vestida. Mucho más libre que con sus complicadas vestimentas.

Y comenzó a dar saltos de alegría.

Juntos fueron al árbol de los monos. Kambo daba la mano a la niña, que así no sentía miedo. Bueno, la verdad es que un poco sí, porque algunos de los monos la miraban todavía con desconfianza.

Enseguida Kambo se colgó de una rama larga, flexible; tomó impulso y voló alto por el aire hasta llegar a un árbol cercano. Allí se soltó para pasar a otra rama. Sulima lo contemplaba con asombro. Pronto el chico volvió a su lado.

—Ahora vas a probar tú con esta rama —le dijo acercándole una no muy alta.

Sulima se agarró, tomó impulso, se balanceó un momento por el aire y..., ¡plum!, cayó al suelo.

Los monos parecían reírse y ella, de mal humor porque se había hecho un poco de daño, les sacó la lengua.

Pero siguió probando y, con cada día que pasaba, lo iba haciendo mejor y disfrutaba muchísimo columpiándose en el aire.

También le gustaba mucho escuchar con Kambo las historias que Ruipansa, el viejo pirata, contaba a los dos juntos. O cantar en la playa a la luz de la luna, acompañados por Pietro y su guitarra.

Hasta entonces Sulima había vivido bastante sola. A su madre no la había conocido y su padre, un importante caballero casado con una nueva mujer, apenas tenía tiempo para ella.

Kambo, por su parte, estaba feliz de tener aquella primera amiga con la que podía jugar y también charlar.

5
Lecturas y aventuras

Un buen día Sulima comenzó a contar a Kambo cosas de su mundo. Un mundo que él nunca había conocido, aunque sí sabía de él por las historias de Ruipansa. Allí había elegantes damas y caballeros; palacios con grandes parques; lujosas carrozas tiradas por caballos.

Sus juegos eran ahora imaginar que vivían en un palacio y que se paseaban en carrozas. Pero, fuera de pasearse y darse importancia, poco más se podía hacer en aquellos juegos. Y como comenzaron a resultarles aburridos, pronto los dejaron. Sin embargo, también habló una vez Sulima de los colegios a los que iban allí los niños. Y eso sí le interesó a Kambo.

—¿Fuiste tú a uno de esos, Sulima? —le preguntó.

—Pues, claro.

—¿Y qué se hace en los colegios?

—Muchas cosas: contar, leer, escribir, dibujar. También jugar...

Y, tras una pausa, Sulima siguió:

—Verás, vamos a jugar a los colegios y te enseño así cómo son. Yo voy a ser la maestra y tú eres el alumno. Anda, toma este libro y empieza a leer —le dijo, poniéndose muy seria y estirada.

—¿Leer? Yo no sé leer —confesó Kambo y se sintió a disgusto.

—¿No sabes? Con casi nueve años...

Pues tienes que aprender que ya es tiempo.

Sulima estaba muy contenta de saber algo mejor que Kambo y ser ella ahora la que enseñaba.

Y comenzaron las lecciones. Pero a Kambo no le gustaba que aquellos raros dibujos fueran la *a*, la *e* o la *i*... Ni que la *eme* con la *a* dijese *ma,* con la *e me* o *mo* con la *o*.

—¿La *eme* con la *a*? —le preguntaba Sulima.

—*Mu* —respondía el chico.

—¡No, hombre, no! —le corregía la niña—. Dice *ma.*

«¡Huy, qué complicado y qué aburrido es!», pensaba Kambo.

Por eso enseguida interrumpía la lección para decir:

—Anda, vamos a salir un rato con la lancha para pescar.

Pero Sulima contestaba:

—No, ahora aprendes un poco más.

Al poco el chico miraba hacia arriba y decía:

—Ahí en ese árbol hay unas papayas estupendas. Voy a subir a por ellas que están ya maduras...

—¡No, no y no! Te esperas unos minutos. Todavía no es la hora del recreo. Vamos a seguir —ordenaba la profesora Sulima, seria y severa.

Kambo pensaba que mejor no hubiera preguntado nunca cómo eran los colegios y trataba de convencer a su amiga/profesora, diciéndole:

—Mira, si salimos con la lancha a pescar,

vamos a traer peces bien frescos y ricos, ¿no es así?

—Sí, claro —contestaba Sulima.

—Y si me subo a este árbol, ¿puedo atrapar frutos maduros, verdad? —seguía razonando Kambo.

—Bueno, sí —reconocía Sulima.

—Pero eso que me estás enseñando de la *a*, de la *e* y de la *i*, y de *ma, me, mi* es aburrido y pesado. Y además, ¿para qué vale?

Tardó un poco la niña en contestar, pero al fin dijo:

—Pues vale para leer luego libros bonitos y escribir cartas y otras cosas que se te ocurran. El que no sabe leer ni escribir es un *analfa...*, o un *analba...* —pero como Sulima no estaba segura de cómo era la palabra *analfabeto,* terminó—: Bueno, un borrico.

A Kambo no le gustó lo de *analfa* o *analba* y menos lo de borrico.

—Eso lo serás tú —le contestó enfadado.

Y Mister, que estaba presente, se dio cuenta de que reñían y defendió a su amo llamando «¡bruja, bruja!» a Sulima.

Entonces esta, furiosa, dijo:

—En un colegio los niños obedecen al profesor y a ninguno se le ocurre insultarlo. Esto no es un colegio. Esto es... Bueno, que yo me voy.

Y se largó, no sin decirle antes:

—Quédate con tu Mister y su pico. Y así seguirás siendo un borrico.

Aquel día no se hablaron y cada uno anduvo por su lado. Como si no se conocieran.

Sin embargo, no se sentían bien estando enfadados. Y...

Kambo estaba triste.

Sulima lo estaba también.

—¿Qué os pasa? —les preguntó Ruipansa aquella noche, dándose cuenta de que entre ellos las cosas no iban bien.

No querían contarlo y contestaron los dos a una:

—Nada.

Pero luego Sulima se animó a decir:

—Kambo no quiere aprender a leer.

—No es verdad, yo sí quiero; pero es tan difícil y tan aburrido... Y Sulima me ha llamado además algo muy raro. Algo así como *analba* o *analfa...*

—¡Ah! —rio Ruipansa—. Será analfabeto.

—¡Sí, sí, eso! —confirmó la niña.

—Veréis, yo os voy a ayudar. Enseñar a leer no es tan fácil y se necesita paciencia, mucha paciencia. Hubo un tiempo en que yo enseñé a leer a niños, y a mayores también; pero al dueño de las tierras donde trabajaban, no le gustaba que aprendiesen. Pensaba que, al que no sabe leer, se le puede engañar más fácilmente. No era un hombre bueno.

Ruipansa comenzó a enseñar a Kambo y gracias a su paciencia, poco a poco, el chico fue aprendiendo.

Y cuando vio que podía leer y escribir: *mano* y *mono, coco* y *caca* y luego *pirata* y *pelota,* se reía e iba tomando gusto a la cosa. No tardó en poder leer y escribirlo todo.

Las horas de gran calor de la siesta, se las pasaban los dos niños leyendo a la sombra de un espeso árbol.

Al principio leía Sulima en voz alta y Kambo seguía las líneas en el libro; pero luego podía leer él tan bien casi como ella y se turnaban leyendo.

Los piratas habían traído algunos libros de sus correrías y los amigos escogían los que les parecían interesantes. Más tarde comentaban lo que habían leído.

Un mundo apasionante se iba abriendo a los dos con la lectura.

Y después jugaban a lo que habían leído y así corrían en África emocionantes aventuras, o desembarcaban en una isla desierta como Robinson. O llegaban a otra en la que se encontraba un tesoro escondido...

Habían ido recogiendo maderas y ramas. Algunas tenían forma ya de pistolas; otras, con un pequeño arreglo, las convertían en fusiles o en potentes machetes. Y así habían reunido su arsenal de armas. Lo necesitaban naturalmente para luchar contra las fieras que podrían atacarles en África, o defenderse de los malhechores que iban a presentarse en la isla donde estaba el tesoro.

Pero eso los mayores no lo entendían:

—¿Para qué queréis todos estos palitroques? —les preguntaba, por ejemplo, Puño de Hierro.

¿Palitroques? ¿Es que ese tonto pirata no podía ver lo estupendas que eran sus armas?

Otro día, estando en silencio, agazapados tras un matorral, los descubrió Corso:

—Pero ¿qué hacéis ahí? —les preguntó, extrañado.

—Cállate, no hagas ruido —le rogó Sulima en voz baja—, tenemos que estar bien callados para que no se dé cuenta el león de dónde estamos escondidos.

—¿Qué león? En Maibí no hay leones...

—¡Si no estamos en Maibí, tonto! —le aclaró Kambo—. Estamos en la selva de África y allí sí que hay leones y elefantes. Y también serpientes venenosas...

—Bueno, bueno —se reía el pirata—, lo que no se os ocurra a vosotros...

Los mayores les estorbaban en sus juegos. Tenían que encontrar un lugar escondido para jugar a sus anchas sin escuchar tantas tontas preguntas.

6
La cabaña

Buscaron durante mucho tiempo. Tenía que ser un lugar bien alejado de los caminos que los piratas recorrían y que, desde ellos, tampoco se pudiese ver.

Cuando, al fin, creyeron encontrarlo, decidieron construir allí una cabaña, «su» cabaña. Siguiendo las instrucciones del libro de Robinson, comenzaron a levantarla. Sería su refugio secreto del que nadie sabría. Ni siquiera se lo dirían a Ruipansa.

Una tarde estaban tranquilos y seguros, ocupados en su construcción, cuando a Kambo le pareció oír algo sospechoso:

—¿No oyes, Sulima? —preguntó.
—No, no oigo nada.
—Calla, escucha —le pidió el chico.

Ahora sí podían oír los dos un remover de ramas y pasos leves, cercanos, cada vez más cercanos. Y no parecían ser de solo uno. Con seguridad eran varios los que se acercaban. ¿Quiénes podrían ser?

¡Ay! Apareció el primero y enseguida el segundo y el tercero...

Los niños soltaron una gran carcajada. ¡Eran monos! Desde lo alto de los árboles, los debían de haber descubierto.

—Sois unos bribones —les dijo Kambo, riendo—. ¿No veis que estamos trabajando y tenéis que dejarnos en paz?

Y, más seria, siguió Sulima:

—De verdad, no debéis estorbarnos. Por favor.

Los monos parecían entenderles. Y no solamente no les estorbaban, sino que, de vez en cuando, venían trayéndoles madera y ramas.

Los monos de Maibí eran, sin duda, unos buenos chicos, que tampoco, claro está, les molestaban con tontas preguntas como las que Corso o Puño de Hierro les habían hecho.

Sin embargo, no es fácil construir bien una cabaña y, cuando llegaron un día, la encontraron destrozada. La noche anterior había caído una de esas lluvias torrenciales del Caribe y, como no estaba apenas cimentada, no pudo resistir.

Los niños estaban a punto de llorar.

—¿Qué hacemos? Tanto trabajo y no nos ha valido para nada —decía Kambo deshecho.

Sulima pasó un rato en silencio, pero luego al fin se animó y dijo:

—Lo que tenemos que hacer es cimentarla bien. El libro explica cómo. Así que ¡ale, a trabajar!

Y los dos se pusieron a la faena con nuevos ánimos. Esta vez comenzaron poniéndole buenos y seguros cimientos y todo lo fueron haciendo mejor.

Y ¡qué alegría, cuando estuvo terminada!

Dentro de ella, Sulima y Kambo, sentados sobre dos bancos de madera, que habían colocado a los lados, se encontraban recogidos, protegidos, felices. Y allí podían imaginar nuevas aventuras en las que la cabaña sería siempre su refugio.

También la convertían a veces en un barco, en un barco pirata en el que navegaban. Desde un ventanuco en lo alto vigilaban el mar y, cuando en la lejanía aparecía un navío, se preparaban para el abordaje. Bien armados y con pañuelos atados en la cabeza a lo pirata, saltaban fuera para luchar contra los del barco enemigo y conseguir un buen botín.

Luego, cantando y bailando, celebraban el éxito de sus correrías. Los monos, que formaban parte de la tripulación, saltaban también, alegres, con ellos.

Kambo había olvidado su empeño en hacerse pirata de verdad.

Tenía un barco con Sulima y las aventuras que discurrían y soñaban en él eran más bonitas, y menos peligrosas, desde luego, que las que pueden suceder a los piratas.

7
Una pareja elegante

Una tarde de lluvia, revolviendo los niños en arcones, encontraron un montón de ropas elegantes. Algunas tenían justamente las medidas de Kambo.

—Anda, pruébatelas —le pidió Sulima.

Pero, cuando se disponía a vestírselas, le dijo todavía:

—No, así, no, espera. Antes tienes que asearte un poco. Tal como estás no va a resultar bien.

Kambo se lavó el pelo, la cara, orejas incluidas. Todo con jabón incluso. Y se sentía a gusto, limpio y perfumado. También se peinó y cepilló un buen rato.

—¡Qué guapo estás! —le dijo entonces la niña y le fue indicando a continuación cómo había de vestirse.

Primero, un pantalón de terciopelo negro ajustado, que le llegaba un poco más abajo de las rodillas; luego, una camisa blanca adornada de encajes y sobre ella un jubón rojo de terciopelo también. En las piernas se había puesto medias blancas y en los pies se calzó zapatos negros de charol con hebilla de plata.

—Todavía te falta algo —le dijo Sulima y se acercó a él con una cinta de raso para recogerle en la espalda su largo pelo negro, ahora suave y brillante.

Luego le dijo:

—Mírate, mírate —y le llevó ante un espejo.

Kambo se miró y vio allí un muchachito desconocido.

¿Era de verdad un niño pirata o era hijo de alguno de esos nobles señores que vivían en palacios y castillos?

Sulima se vistió también aquel elegante vestido, que tan poco había gustado a los monos.

Los dos hacían una bonita pareja.

Ruipansa, que poco antes había llegado a la habitación, los miraba divertido:

—La verdad es que dais el pego. Así podríais entrar sin problemas en uno de los más finos salones —les dijo.

Entonces Sulima, con la cabeza alta y poniendo cara de ser alguien muy impor-

tante, dio el brazo a Kambo y juntos se pasearon por las distintas habitaciones.

Algunos piratas, que allí estaban, se reían al verlos:

—¡Vaya señoritos elegantes que tenemos! —decía uno—. ¿Quién puede imaginar algo así en una isla pirata?

—¿Es que acaso estamos ya en Carnavales? —preguntaba otro.

Al cabo de un rato, tanto Sulima como Kambo, encontraban aburrido aquello de ser nobles y elegantes. Tenían ganas de salir a correr, a subirse a los árboles, a balancearse en las ramas y de darse luego un estupendo baño en el mar.

Por eso se quitaron los vestidos, que no les dejaban hacer todas aquellas cosas, que tanto les gustaban.

Sin embargo, a partir de aquella tarde, algo había cambiado. Sulima y Kambo comenzaron a lavarse bien todas las mañanas y también a peinarse y cepillarse el pelo, se sentían mejor así.

8
Cumpleaños en la isla

—¿Qué día es hoy? —preguntó algunos días después Sulima a Ruipansa.

—Hoy es el nueve de junio —le respondió el viejo pirata.

—¡Anda! Pues pasado mañana, el once de junio, es mi cumpleaños.

—¡Vaya, vaya! ¿Y qué podemos hacer aquí para celebrarlo?

—En mi casa —contó Sulima— se ponía una mesa muy bonita y en el centro se colocaba una tarta con tantas velas como los años que yo cumplía. Luego yo las tenía que apagar y todos aplaudían. El año pasado eran nueve las velas, así que este deberían ser diez. Y ese día mi padre tenía un poco más de tiempo para mí que en otras ocasiones.

—Pues aquí, en la isla de los piratas, vas a tener también una mesa bien puesta y una tarta con sus diez velitas. Y tiempo, tiempo... vamos a tener para ti todo el tiempo que quieras —le aseguró Ruipansa.

La tarde del once de junio, el viejo pirata pidió a los niños que se arreglaran bien. Después les hizo esperar ante una puerta cerrada, tras la que, cuando se abrió, Kambo y Sulima pudieron ver una espléndida mesa.

Los piratas habían sacado de sus arcones un maravilloso mantel bordado, un precioso servicio de la más fina porcelana y muchos cubiertos de plata: cucharillas, tenedorcitos, cuchillos. En el centro de la mesa estaba la estupenda tarta que Bocuso había preparado para el cumpleaños.

—Pero si está todo más bonito todavía que lo del año pasado —se asombró Sulima.

Kambo, que nunca había visto algo parecido, recorría con la mirada todo aquello. Aunque lo encontraba de verdad muy bonito, él no sabía para qué valía ni qué se podía hacer con ello.

—Sentaos a la mesa —pidió Ruipansa a los niños.

Sulima se sentó con toda naturalidad, colocó su servilleta sobre las rodillas y empezó a revolver en el té, recién servido, azúcar con una cucharilla. Kambo hizo lo mismo. Luego vio cómo la niña iba tomando con el pequeño tenedor trocitos

de la tarta, que se había servido en su plato. Aunque eso era un poco más difícil, él podía hacerlo también. Y le resultaba divertido comer así. Despacito, gozándolo todo. Poco a poco.

Sulima estaba encantada y miraba a Kambo sonriente. Aunque del todo bien no lo hacía todavía el chico.

Pietro acompañaba la merienda con su guitarra y, más tarde, llegaron otros piratas a felicitar a Sulima. Y sobre todo a comer de la gran tarta de Bocuso. Algunos usaban platos y tenedores; otros la tomaban con las manos y se la metían a grandes trozos en la boca.

Después cantaron todos y Pietro sorprendió a Sulima con una canción, dedicada a ella, tan bonita que algunos tenían lágrimas en los ojos al escucharla. Y la canción hablaba también de Kambo y de la amistad de los dos niños.

A continuación se fueron casi todos. Quedaron solamente Ruipansa, Pietro y dos piratas más. Justamente aquellos a los que la canción de Pietro había hecho asomar lágrimas a sus ojos.

Estaba anocheciendo. Desde la terraza se veía una puesta de sol verdaderamente impresionante. «Como si el día quisiese despedir así el primer cumpleaños de Sulima en la isla», dijo Ruipansa.

Y todos se quedaron pensativos.

Al rato, la niña rompió el silencio para preguntar:

—¿Nos dejáis que mañana nos sirvamos en un plato la comida de la olla de Bocuso y la comamos con nuestros cubiertos?

Ruipansa tardó un momento en contestar. Después de pensarlo un poco, dijo:

—¿Por qué no? El mundo civilizado tiene también algunas cosas buenas, aunque no todas, desde luego. Pero... dejemos eso. Lo que sí tenéis que hacer —añadió— es fregar luego vuestros platos y cubiertos en el río y dejarlos bien limpios. ¿De acuerdo?

—De acuerdo —contestó Sulima y, casi al mismo tiempo, Kambo contestó «de acuerdo» también.

La comida que hasta entonces había tomado directamente de la olla de los piratas le había sabido siempre bien; pero ahora pensaba que, servida en un plato y con su cuchara o su tenedor, le iba a saber todavía mejor.

Kambo poco a poco se iba acercando a las cosas buenas del mundo de Sulima.

9
Negros nubarrones (el gobernador amenaza)

El sol seguía brillando con fuerza sobre el límpido cielo de la isla Maibí. La blanca espuma de su mar bañaba sus preciosas playas.

Sin embargo, algo era ahora distinto: el ambiente entre sus habitantes había cambiado. Las últimas correrías habían sido un fracaso, sin botín apenas. Los piratas estaban del peor humor. Con frecuencia disputaban y hasta se peleaban.

—Pero ¿qué hacéis? ¿Estáis locos? —gritó Sulima, asustada, al ver cómo dos hombres se golpeaban con furia.

Al oírla, dejaron su pelea. Uno sangraba fuertemente por la nariz; el otro apenas podía sostenerse. Sulima y Kambo se miraron. ¿Qué podían hacer ellos?

—Pero ¿por qué reñís así? —se atrevió Kambo a preguntar.

Mejor no lo hubiera hecho. Con el puño levantado y gesto amenazador, Bronco, uno de ellos, le contestó:

—Y a ti, ¿qué te importa, mocoso? Ya os estáis los dos largando y si no...

Los niños se alejaron. Se habían dado cuenta de que ellos no podían hacer nada y se dirigieron al árbol de los monos. Allí siempre eran bien recibidos.

Al volver a la casa, les esperaba una sorpresa. Ruipansa parecía preocupado y enseguida les habló:

—Se ha recibido una carta del gobernador de la isla próxima diciendo que a sus oídos ha llegado la noticia de que Sulima se encuentra en nuestro poder y exige ahora que sea devuelta inmediatamente a los suyos.

Sulima y Kambo se miraron primero sin decir palabra. Luego la voz del chico temblaba cuando preguntó:

—¿Y vas a irte de verdad?

—No, yo me quedo aquí —fue la rápida respuesta de la niña.

Kambo respiró y comenzó a fabular: no, él no iba a consentir que se llevaran a su amiga. Los cañones de Maibí dispararían sobre los que se acercaran y él, terminaba, imitando al protagonista de un libro que últimamente había leído, «estaba dispuesto a dar su vida para defenderla».

—¡Vaya, déjate de heroicidades! —rio Ruipansa. Y luego, poniéndose muy serio, continuó—: Las guerras son algo terrible,

no os dejéis engañar, y la peor solución a todos los problemas. Hemos de pensar con calma cómo podremos arreglar el asunto.

Sulima, que había estado callada, respiró aliviada: ¡todo, todo, menos una guerra! Ella había sido en parte testigo de la lucha cuando los piratas atacaron el barco en que ella iba y recordaba con horror algunas escenas.

Kambo estaba un poco decepcionado. Hubiera querido que sucediese algo emocionante en su vida donde poder mostrar su valor.

Poco después Ruipansa escribió una carta. En ella decía que Sulima estaba bien tratada en Maibí y que allí no solo se divertía y jugaba, sino también estudiaba y leía. No perdía, pues, el tiempo. Terminaba asegurando que, en el momento en que ella lo deseara, la devolverían a su familia.

Leyó la carta a los niños y preguntó luego:

—¿Estás de acuerdo, Sulima?

La niña se quedó pensativa. Del todo no le convencía la carta.

—Está bien —contestó—. Todo lo que se dice en la carta es cierto, pero...

—Pero ¿qué? —preguntaron al mismo tiempo Kambo y Ruipansa.

—Bueno, que a mí me gustaría escribir también unas letras.

—Como quieras, me parece buena idea, estoy de acuerdo —concedió Ruipansa.

Sulima se dispuso a escribir.

—¿Cómo se dirige uno a un gobernador? —preguntó antes de comenzar.

—Yo creo que un gobernador tiene el título de Excelencia, así que debes escribirle «Excelentísimo señor» y de esta forma quedará contento —le aconsejó Ruipansa.

A Kambo le hizo gracia y comenzó a reír:

—¿Es de verdad ese señor tan «excelente»? Mira que «Ex-ce-len-tí-si-mo...» —dijo separando así las sílabas.

Sulima se sonreía solamente. Ella había vivido en un mundo en el que alguna gente tenía grandes títulos. Si los merecían o no, eso no contaba. Su padre mismo, que, por cierto, era buen amigo del gobernador, los tenía también. Y la niña comenzó a escribir:

«Excelentísimo señor gobernador: Todo lo que se escribe en la carta es verdad. Yo estoy muy bien tratada en Maibí y he encontrado además aquí al mejor amigo del mundo. Se llama Kambo y sabe trepar a los más altos árboles y balancearse en sus ramas lo mismo que los monos, también es capaz de pescar peces con solo sus manos. Cuando lo conocí, era un poco salvaje, ni siquiera sabía leer; pero ahora lee tan bien como yo, aunque solo tiene nueve años, y es estupendo leer juntos libros y hablar, juntos también, sobre lo que hemos leído.

Yo no quiero separarme de él y si él no viene conmigo, no me iré de Maibí.

Respetuosos saludos,

Sulima».

10
Final

La misiva que varios días después se recibió del gobernador tenía un tono muy distinto de la primera. No amenazaba. Parecía que la carta de la chiquilla le había gustado y hecho pensar. Ya, desde el principio, se había dado cuenta de que un ataque a Maibí no podría hacerse sin poner en peligro la vida de la niña y, además, ahora se había despertado en él también el deseo de conocer a Kambo. Le parecía interesante observar cómo, desde una educación salvaje, se pasaba a la del mundo civilizado. Por otra parte, él no tenía hijos y le gustaría acaso adoptar a Kambo y conseguir de él algo bueno. Vería, vería...

Así que en la carta mostraba su disposición a recibir también al muchacho.

Cuando los niños lo supieron, se quedaron desconcertados. ¿Alegres? ¿Tristes? En todo caso, preocupados. Ahora no sabían muy bien qué pensar, ni qué decidir.

—Entonces, entonces... —balbuceaba Kambo, casi llorando—, tendremos que despedirnos para siempre de Maibí. Ya no podrás tú, Ruipansa, contarnos por la noche tus historias y tus cuentos. Ya no podremos divertirnos con los monos ni jugar en nuestra cabaña. Y yo he de dejar a Mister...

—Bueno, bueno, creo que a Mister podrás llevártelo —dijo Ruipansa sonriendo—, y ya verás, ya verás, cuántas cosas interesantes vas a conocer, cosas que nunca llegarías a conocer en Maibí.

Sulima callaba, pero en sus ojos había lágrimas.

Aunque no le resultaba fácil dejar todo lo que vivió y aún seguía viviendo en Maibí, ya desde tiempo atrás, se iba dando cuenta de que a la larga no podría vivir allí. Y se había despertado en ella también el deseo de volver a su mundo con Kambo y enseñarle todo lo que en él había. Lo bueno y lo malo también.

Ruipansa los animaba, aun sabiendo que para él iba a ser muy triste despedirse de los niños:

—Aquí no hay futuro para vosotros. La vida de los piratas es dura, muy dura. Y cruel a veces —les decía—. Yo soy un pobre viejo que ha de morir pronto; pero vosotros estáis ante una larga vida en la que podréis realizar muchas cosas. Y, no creáis, yo aquí voy a intentar todavía hacer algo. Ya habréis notado cómo, en los últimos tiempos, la gente anda desorientada y de mal humor. Un cambio es necesario, no cabe duda.

Ya habían comenzado los preparativos para la marcha de los niños: una pequeña lancha se acercaría a la playa de Maibí y los llevaría desde allí a otra embarcación más grande con la que llegarían a la isla del gobernador.

Entre tanto Sulima y Kambo seguían disfrutando de la isla. Más aún que antes, como se disfruta de algo que se sabe que pronto ha de perderse.

Llegó el momento de partir.

Sulima y Kambo se pusieron las elegantes ropas que vistieron en el cumpleaños de la niña; pero en su equipaje iban también aquellas, cómodas y sencillas, con las que correteaban por la isla, trepaban a los árboles y se balanceaban en sus ramas.

Habían decidido que en sus horas libres vivirían un poco como en sus tiempos de la isla. Lo que habían vivido y gozado allí no querían perderlo en modo alguno. Tampoco su amistad, que duraría hasta el final de sus días.

Por su parte, Ruipansa, que, aunque con su pata de palo, andaba bastante mal, con su cabeza, en cambio, podía pensar muy bien, reunió a los habitantes de Maibí. Quería convencerlos de que la piratería últimamente no tenía sentido alguno. En la isla, sin embargo, podrían vivir bien cultivando sus tierras, cuidando y aumentando los animales que ya tenían: vacas, gallinas, ovejas...

Frutas y peces había allí en abundancia. Y también, en los arcones, joyas y doblones de oro para comprar otras cosas que fueran necesitándose.

El viejo pirata ya había preparado un plan y pensado la forma de llevarlo a cabo.

Maibí dejó así de ser una isla pirata.
Más tarde, gracias a sus maravillosos

parajes y playas, se convertiría en un lugar turístico de primera calidad.

Como recuerdo de los antiguos piratas quedaba solamente la exquisita «paella Bocuso», famosa en todos los contornos.

A los monos, sin embargo, no les convenció el cambio. Se sentían mejor con los piratas de antaño que con los turistas de ahora.

Autora:

Mi nombre de pila es Mercedes Carlón Sánchez; sin embargo, tras mi matrimonio en 1958, tomé el apellido Neuschäfer de mi marido porque entonces era así de ley en Alemania. Hice el Bachillerato en el Instituto de Jovellanos de Gijón y, antes de haber cumplido los 18 años, gané plaza por oposición en el Cuerpo de Contabilidad del Estado del Ministerio de Hacienda. Ejercí como funcionaria algún tiempo, pero como las letras me interesaban más que los números, pedí la excedencia para comenzar la carrera de Filosofía y Letras. Hice los dos primeros cursos en la Universidad de Oviedo, mi ciudad natal, y la especialidad Lenguas Modernas, en la Universidad de Madrid, donde me licencié en

1957. Ya en Alemania fui profesora de español en la Universidad de Giessen, y después di clase a los niños españoles, hijos de los emigrantes en Alemania. Me alegraba darles la oportunidad, que yo había tenido y no sus padres, de poder estudiar y lograr un buen puesto en la vida. Al final de las clases les leía alguna página de mi primer libro, *La cabaña abandonada,* manuscrito aún, sin decirles que yo lo había escrito. La atención y emoción con que escuchaban, y su «siga, siga» cuando ya quería terminar, me dieron ánimo. Poco después ganó esa novelita el Premio AMADE, en 1975, el premio infantil/juvenil mejor dotado en España. Mi primera editora fue Rosa Regás con *Una fotografía mal hecha,* novela de corte policíaco. *La cabaña abandonada* se tradujo pronto al alemán y en España apareció, como primer libro de autor español, en la recién fundada colección infantil y juvenil de Alfaguara. Siguieron más de una veintena de libros publicados en España y también en otras lenguas y países. La mayoría de ellos para jóvenes y niños. La infancia, de la que guardo un recuerdo muy vivo, me interesa especialmente. Creo que el gozo de un niño leyendo un libro «que le va» es superior al de un adulto y también la influencia que en él puede tener. El pequeño lector quiere ir conociendo y comprendiendo el mundo que le rodea, así como a los otros y a sí mismo. Leyendo, además, desarrolla su fantasía y disfruta con ella.

Ilustradora:

Esther Gili nació en Madrid, en 1981. Dibuja desde que tiene uso de razón y disfruta interpretando el mundo a su manera. Estudió Ilustración en la Escuela de Arte n.º 10 de Madrid. Desde entonces trabaja como ilustradora para varias editoriales y colabora en proyectos de cine y publicidad.

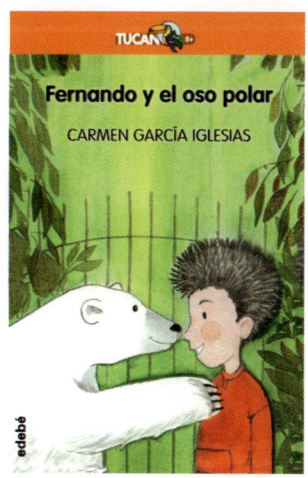